U0058927

莫　渝——著　劉岱昀——圖

莫渝情詩集

貓眼，或者黑眼珠

從貓眼，看到深情的黑眼珠
──走入莫渝的情詩世界

《貓眼，或者黑眼珠》，是莫渝的新詩集。詩集分成五輯：

第一輯：給貓咪的十二行詩，共13首；

第二輯：貓的物語，共7首；

第三輯：細雪、雨和玫瑰、Love，共16首；

第四輯：給海倫的十二行詩，共8首；

第五輯：給黑眼珠的十行詩，共6首。

詩集封面有個副標題：「莫渝情詩集」。但是，在這五輯50首詩當中，有關貓的詩作，卻佔去了20首。為貓而寫的詩作，為何是情詩呢？也許從下面的例子，即可了解其中的道理：

> 瞧！荷電的碧色流盼
>
> 那是剛離去卻時時回溫撒賴的女伴
>
> 　　　　　　（〈貓──衍繹波特萊爾的〈貓〉〉）

> 捉摸不定的女人
>
> 仍是我鍾心卻不安份的情婦（〈貓拓〉）

在上引的兩段寫貓的例子當中，我們都看到了莫渝把貓視為女人（「女伴」、「情婦」）。莫渝的心中，貓就是女人，女人就是貓。因此，雖說詩集裡有五分之二的詩作寫貓，但其

003

實也是寫女人。我們也可以這麼說：莫渝為貓寫了20首詩，這些貓詩，毋寧是寫給女人的情詩。

另外一個把貓比喻為女人的例子是：「細雪、雨和玫瑰、Love」的16首詩當中的「細雪」第04首。在這首詩裡，莫渝把細雪比喻為貓，說它像女人（貓）一樣的「飄逸亦飄忽」，說它像女人（貓）的肌膚一樣「滑潤不膩」；而詩人自己，則是個「遲到的戀人」：

> 細雪如貓，飄逸亦飄忽
> ………
> 細雪如貓，滑潤不膩
> 任裸裎的肌膚
> 癱軟於天鵝絨呢的夜空
> 我是遲到的戀人
> 來不及摘下鑲嵌玫瑰的星子

詩的特殊形式，是莫渝這本情詩集的重大特色。古來，有許多詩人，以十四行詩（Sonet）的形式，來寫情詩。這要從意大利詩人彼得拉克斯（Peter D. Lax，1304-1374）說起。彼得拉克斯曾用十四行詩的形式，寫了375首情詩，送給他的愛人勞拉。之後，英國的詩人，例如莎士比亞、彌爾頓、華茲華斯、雪萊、濟慈，相繼模仿，也開始使用這種詩體，來寫情詩。而在當代，拉丁美洲詩人聶魯達（Pablo Neruda，1904-1973），也出版過《一百首愛的十四行詩》（*Cien Sonetos De Amor*），獻給智利女歌唱家烏魯提亞（Matilde Urrutia）——他所摯愛的第三

任妻子。

　　然而，莫渝卻以十二行詩的形式，來寫他的情詩；這是值得注意的。

　　在50首莫渝的詩作當中，共有21首，以十二行詩的形式來寫；包括13首「給貓咪的十二行詩」以及8首「給海倫十二行詩」。可見所佔比例非常高。超脫十四行詩的老傳統，莫渝走出了自己的詩路。

　　除了十二行詩之外，莫渝還用十行和六行，來寫情詩。輯三「細雪、雨和玫瑰、Love」當中的4首「細雪」，即是十行詩。而「雨和玫瑰」中的8首，則是六行詩。從詩作的數量看來，莫渝用十二行、十行或六行來寫情詩，並不是偶然，而是刻意的安排。這是值得我們特別關注的。

　　莫渝寫貓，共有20首；分成輯一「給貓咪的十二行詩」（13首）和輯二「貓的物語」（7首）。輯一中的13首，已收錄在2013年，《笠》詩刊成立五十週年慶專輯——50本《笠50年紀念小詩集》當中。筆者已在《笠影下的詩人群像·10莫渝》當中略有評析。（見：《笠》310期，2015年12月。）對這13首貓詩，筆者曾詳評前三首；剩下的10首，筆者則下了這樣的評語：「旨在描寫貓咪可愛的各種姿態和動作。」而現在，既然貓詩就是女人詩，這句評語就必須改為：「旨在描寫女人可愛的各種姿態和動作。」莫渝貓詩裡的貓，風情萬種。在他筆下的女人，自然也是風情萬種，「捉摸不定」，像「九命貓」，有「九張（不同的）面顏」。然而，如此「飄移」，無法捉摸的貓（女人），卻是詩人「錐心卻不安份的情婦」：

將心愛貓的圖像

拓印成形，穿在身上

儼然情侶裝

認定如影隨行的親密

喜茲茲地出遊逛街

貓，守不住固定圖像

九命貓九張面顏

不同時空露臉

要在第幾日的封印

才能鎖住牠的飄移

捉摸不定的女人

仍是我錐心卻不安份的情婦

（〈貓拓〉）

　　輯二「貓的物語」中的7首，筆者選擇第一首〈貓的咒語〉，來看看莫渝如何寫貓、寫女人：

女巫轉世的貓，自然

術法無邊

每一舉動都是天威

每一句話都成咒語

親愛的貓咪

繳交雙目與靈魂之後

我無所遁逃地

必然臣服

在這裡，莫渝把貓（把女人），比喻為「術法無邊」的巫女。而做為男人的莫渝，則「無所遁逃地／必然臣服」。

輯三「細雪、雨和玫瑰、Love」當中的「細雪」4首，寫的是和情人，在細雪紛飛中的戀情。這種戀情，有時困在「將深埋的種籽提早萌發的／徒然等待」（第01首）乃至「畢竟期盼仍屬多餘」（第02首）。有時則感嘆女人如細雪般，「飄逸亦飄忽」（這點已在前文說過），以致「徒嘆走失的歲月／留不住隻言片語」乃至「來不及摘下鑲嵌玫瑰的星子」。（第04首）另外還有描寫細雪中，和情人歡聚的情景，如第03首：

細雪如鍵

靜臥堅硬板面

白鍵的你，黑鍵的我

舞動的跳躍

溫存的替換或者同時按掀的轟響

激盪的情奔

萎靡的喃喃低吟

　　靜默無聲的感應
　　都是合奏春天的室內樂

　　在這裡，詩人將女人比喻為鋼琴的白鍵，自己則是黑鍵。
黑鍵和白鍵則快樂、幸福地「合奏春天的室內樂」。
　　在「雨和玫瑰」的8首六行詩當中，有些既寫雨，又寫玫
瑰；如第01、02、06、08四首。有些則只寫玫瑰，如03、04、
05、07。在這8首詩作中，大體是寫戀情或女人的種種面向。
有的以玫瑰的出牆，來寫女人的蠱惑：「誰家出牆的玫瑰花
／挺立籬邊，蠱惑路人」（第02首）。有的寫玫瑰（女人、戀
情）的迎面而來，讓生命頓然光明起來：「玫瑰迎我一抹紫
豔的微笑／空屋頓然明亮」（第03首）。有的寫玫瑰像輕吻一
樣，是女人對自己的承諾：「微潤的粉紅花瓣留著輕吻的印痕
／　／浮現與玫瑰互許的承諾」（第06首）。也有的寫在雨天
玫瑰花園邊等待愛人的心情，如第01首：

　　黃昏突然亮了起來
　　因為一場驟雨

　　雨，清洗了街道
　　清洗了西天
　　連帶萎縮的那株玫瑰花

　　我在花園邊等你

輯三「細雪、雨和玫瑰、Love」當中的「Love」4帖，詩寫「邊境之愛」（〈邊境之愛〉）、「侍者端來足夠滋潤雙唇的春水！」（〈城市之愛〉）、「觀光客圍聚的園圃」（〈玫瑰之愛〉），乃至寫「泛舟萊茵（河）」，還說「長長的萊茵河1232公里」（〈泛舟萊茵〉）。這些詩，看起來似乎是旅遊詩。但經筆者詢問莫渝本人的結果，莫渝否定這是旅遊詩。他肯定地說：它們都是情詩。

　　就拿〈泛舟萊茵〉來說吧，莫渝這樣寫著：

　　　長長的萊茵河1232公里
　　　跨國黃金水道
　　　迤邐迭變的景致
　　　讓操舟人沉迷復沉溺

　　　無限風光的水波
　　　沿岸蔥鬱深林山崖峭壁古堡田園小鎮

　　　深愛的大河，僅僅截取一小點
　　　小小的宜室宜家
　　　偶爾
　　　尚可輕淺泛舟

　　這首詩的前面兩大段，都是描寫萊茵這條流經歐洲各國的大河。但在最後一段，則點出情詩的主題：「深愛的大河，僅僅截取一小點／小小的宜室宜家」。

　　輯四「給海倫的十二行詩」（8首），看起來也像是詩人旅遊希臘、愛琴海的旅遊詩。但是莫渝卻說：這些，同樣不是旅遊詩，而是情詩。

　　詩中的海倫（Hélène），是名聞遐邇、希臘特洛伊（Troy）十年戰爭中的女主角。依照荷馬（Homer，約紀元前9世紀－8世紀）的兩部史詩——《伊利亞特》（Iliad）和《奧德賽》（Odyssey）的記載，海倫有「世界上最美麗的女人」之美稱。戰爭起因特洛伊王子帕里斯（Paris），到訪斯巴達時，和斯巴達王后海倫墜入愛河，海倫於是和帕里斯私奔到特洛伊。震怒下的斯巴達王，聯合愛琴海附近的希臘各國，組織聯軍，征討特洛伊城。然而，特洛伊城非常堅固，人民也堅強抵抗，斯巴達王為首的希臘聯軍，花了十年都無法攻破。最後用「木馬屠城」的欺敵戰術，才攻破特洛伊城。海倫也重新回到丈夫斯巴達王的身邊。

　　而莫渝在8首「給海倫十二行詩」當中，化身海倫的愛人——特洛伊王子帕里斯，（恐怕也化身海倫的丈夫——斯巴達王，）吟詠海倫的美麗和愛情，也吟詠特洛伊十年戰爭，城破人亡的淒慘。首先讓我們來讀讀第一首——〈在聖托里尼〉：

　　回到希臘之前
　　親愛的愛倫
　　我們先在小島歇息

　　水浪猛烈撞擊

宛若此刻的心跳

島上藍白相間的
愛與輕語
交融現實的對視與貼近

離開小島後
藍得足夠自溺的海水
流進記憶
化作摧心的濤聲

　　詩題中的「聖托里尼」（Santorini）是愛琴海中的一個小
島，離特洛伊和斯巴達都不遠。也許，當海倫和帕里斯王子私
奔到特洛伊時，必須經過這座小島吧？又或者是，斯巴達王奪
回海倫，回到斯巴達時，必須經過這座小島吧？詩作一開始，
開宗明義即說：「回到希臘之前／親愛的海倫／我們先在小島
歇息」。等休息了之後，他們又啟航了：「離開小島後／藍得
足夠自溺的海水／流進記憶／化作摧心的濤聲」。
　　而〈焚城之後〉，則是描寫木馬屠城之後，在斷壁殘垣
中，尋找海倫的淒慘情景：

尾隨巨馬
一場大火吞噬所有人
我到各處懸崖探找
查訪妳的蹤影

親愛的Hélène

沒有船隻遠行
沒有人員通報
小小江山頓成散點微星
廢墟快速蔓延侵佔

幾度幽靈飄回故土
灰燼深埋
新草蓋過斷垣

　　而〈昨夜雨〉一詩，看來是寫失去海倫之後的惆悵心情。
它可以是寫失去海倫之後，斯巴達王的惆悵心情；也可以是寫
得而復失的帕里斯王子的惆悵心情：

一夜的雨
時有簷滴叩響
誰在呼喚
呼喚了誰

無端間奏
攪拌無緣由的夢境

懷思哪堪路迢迢
難遣訴衷

識得恍若隔世

窗外
楓香兀自挺立
果實一地

　　輯五「給黑眼珠的十行詩」共有6首，詩中的女主角──黑眼珠，不知何許人？她有時不在詩人身邊：「妳在遠方／回憶將妳拉近」（第01首）、「灰朦天色／行人匆匆／妳在哪兒？／　／風暴掃過我們躺臥的草地／印痕消蝕／妳在哪兒？」（第03首）有時，她近在眼前：「天亮／送妳未沾露水的玫瑰花」（第02首）、「朝陽用專屬的金色／籠罩妳／出神地望著望著／我沉迷在幸福的光芒」（第05首）。但不管她在遠方，或在身旁，她「走過的路徑」、「待滯（過）的室內」，都充滿了「緋色的記憶」：

戀人走過的路徑
留有太多細語的玫瑰
香溢　無從躲閃

戀人待滯的室內
幻影飄忽
尚未出境的清澄流泉

紅玫瑰遇見白色浪花

河面河面漂流的
盡是緋色記憶
盡是水花倒影

（第04首）

　　至於在馬路上邂逅，具有「貓眼的女人」（注意！我們再
次看到貓和女人的密切關係），雖然在她像無底「深潭」一樣
深的「幽邃黝黑的圓眸」裡，「溺著我的渴望」，但還是「把
愛遺忘在遠方」吧！等到「暮秋落葉」時分，才來對著「小徑
的碎石子」，「貼心告白」吧！

黃昏，貓眼的女人
走過通衢
無視紅綠燈的轉換

那雙幽邃黝黑的圓眸
無從測量的深潭
分別溺著我的渴望

把愛遺忘在遠方
直等暮秋落葉
對小徑的碎石子
貼心告白

（第06首）

莫渝的詩作,有許多面向。黃恒秋認為,莫渝的作品主要有三個關懷的方向,那就是「私我的憶想、土地的詠嘆、詠史的激情」。(見:黃桓秋〈平面上的心靈符號〉,收錄於白沙堤編《認識莫渝》,頁181-186,苗栗縣立文化中心。)因此,莫渝的詩作,至少有三個面向。他的情詩,想來是屬於「私我的憶想」這一面向,而輯四「給海倫十二行詩」,恐怕多少還含有「詠史的激情」這一面向;只是莫渝所詠的史是古希臘史,而非台灣史罷了。

　　莫渝曾說:「由自娛以至娛人,由自感以致感人,該是我寫詩的最初動機了。」(轉引自:許俊雅〈談莫渝的詩學國度〉,第一屆苗栗縣文學・野地繁花・研討會,2003年7月30日。)莫渝這幾句話,用在他的情詩,特別允當。「愛我,請一刀斃命/好讓靈魂宅急便地提早黏住你」(〈黑貓——衍繹愛倫坡的〈黑貓〉〉)、「忽隱忽現的貓/是肩負死間的革命份子/為了創建獨立的愛情家園/完成一場又一場的使命」(〈貓,忽隱忽現〉)、「臨走之際/順手掏取蹦跳鮮豔的紅心」(〈革命軍的貓〉)、「飄墜的,豈止是初遇時相似的細雪/無聲息的飄墜/如何承接?/又如何跟誰預約重現的來年?」(「細雪」第01首)、「我是遲到的戀人/來不及摘下鑲嵌玫瑰的星子」(「細雪」第04首)、「昨日一整天的雨/沒有存印任何漬跡/全都流入夢境的愛琴海」(「給海倫十行詩」〈神話水〉)、「那兩片沼澤的薄唇/淳稠的甜蜜誰吮觸過?」(「給黑眼珠的十行詩」第02首)。這些詩句,是多麼優美、多麼令人震撼呀!

讀莫渝的情詩，是一席美的饗宴，也是一次靈的細品深嚐。

寫於台灣大學教職員宿舍

2017年7月5日

詠情以色的法式浪漫
——讀莫渝詩集《貓眼，或者黑眼珠》

李桂媚

　　長期關注法國文學的莫渝，不只是譯介諸多法國詩人及作品，法國文學更內化為他的創作養分。展讀莫渝情詩集《貓眼，或者黑眼珠》，〈貓〉由法國詩人波德萊爾的〈貓〉衍繹而來，〈貓爪〉自法國小說家、劇作家埃梅的〈貓爪〉而生，〈給海倫的十二行詩〉則是向法國文藝復興時期詩人洪薩名作〈給海倫的十四行詩〉致敬。無獨有偶的是，莫渝詩作的色彩美學也如法國國旗一般，從藍、白、紅開展而來。

　　貓咪的藍眼珠到了莫渝筆下，成了「荷電的碧色流盼」（〈貓〉），散發勾人的電波，「一雙發光的碧眼是永遠的記憶」（〈貓眼〉），讓人差點失了魂。除了貓，藍也反映在風景裡，〈藍格窗〉寫道「藍格窗邊／輝映著碧海晴空」，〈遠離愛琴海〉的藍，則是「藍得叫人沉溺再沉溺／不願自拔」，藍是湛藍的天色、蔚藍的海洋、當地特色建築的藍穹頂，也是對自由的想望。〈小漁村〉中「淡藍的希臘天空／全是神話」，進一步反思夢想與現實的拉鋸。

　　莫渝詩作的白，常常伴隨其他色彩一起出現，時而是「灰白雜黑絨毛」的貓，時而是「藍白相間」的異國風情，時而是「紅玫瑰遇見白色浪花」的稍縱即逝……在〈細雪〉一詩裡，「室內，燈未熄／感知不到夜，早已降臨／感知不到雪，已然飄墜盈尺」，屋內燈火通明，屋外夜之黑與雪之白形成鮮明的

詠情以色的法式浪漫——讀莫渝詩集《貓眼，或者黑眼珠》

017

對比，雪默默落著，「白鍵的你　黑鍵的我／舞動的跳躍／溫存的替換／或者同時按掀的轟響」，白鍵與黑鍵色彩上互補，音樂特質也互補，少了黑鍵的半音，或是白鍵的全音，音階就無法完整，看似黑白逕庭，實則彼此缺一不可的隱喻。

詩作〈日落愛琴海〉透過金、白、紅、黑的層層推進，刻畫出日暮時分之美，「鑲金的一輪白光／把整片海域及西天同步渲染／層次不一的夕陽紅」，白得發亮的金色陽光，把天空與海面映照為深深淺淺的橘紅色調，直到「漸遠漸淡／西沉後，直被黑暗吞沒／定格的餘豔長駐眼與腦」，縱然落日餘暉隨著夜空升起消逝，美景卻始終存在心底。

更多時候，紅以玫瑰的姿態呈現，有別於詩作〈細雪〉「我是遲到的戀人／來不及摘下鑲嵌玫瑰的星子」的感傷，〈雨和玫瑰〉則多了幾分等待的浪漫，「豔紅花瓣承載水珠／任意滾滑／晶瑩的韻事欲吐還怯」，明亮透徹的水珠是雨滴，也是含情脈脈的眼波，閃爍著愛戀的心事，寫花其實也是在寫人：

　　一陣風
　　輕搖樹梢的一枚黃葉
　　微微顫顫
　　正巧停落紅玫瑰上

　　「你寂寞嗎？」
　　「天地之大，何言孤單！」

風輕輕一吹，枯黃的葉子遂滑落在玫瑰花盛開的花瓣上，

相形之下，玫瑰正紅，只盼有心人眷戀。次段的問答未註明發言者是誰，或許是玫瑰對葉子青春年華已逝的關心，也或許是落葉對玫瑰花開無人憐的嘆息，「天地之大，何言孤單！」的回應，說明了愛並非執著的選擇，讓心如天地寬廣，自然不會孤寂。

　　不同於法國國旗自由、平等、博愛的象徵，莫渝詩中的藍，是貓咪的碧眼流轉，也是希臘的碧海青天；白是萬物的調色盤，不只是貓的毛色，更在行旅之間，連結外界與心境；紅是代表愛情的玫瑰，熱情如火同時渴望被愛。莫渝善用色彩詞與色彩意象的經營，重新演繹西洋文學、文化地景與內在情愫，正因為情之所鍾，一切才顯得別具意義，歡迎你跟隨詩人之眼，感受生活的情思與情詩。

2017年7月

問　情

——談莫渝的情詩集《貓眼，或者黑眼珠》

吳　櫻

　　愛情的面貌豐富多變，牽動著生命的憂悲喜樂。南宋元好問有「問世間情為何物？直叫人生死相許」的千古名句。徐志摩的「我訪尋生命的知己，得之我幸，不得我命」，感動、安慰許許多多有情人。愛情，在莫渝筆下又是如何？在他的〈黑貓〉詩中，呈現這樣的風貌：

> 不論把我怎樣處理
> 或寵或棄　甚至無情毒手
> 我的魂魄都要跟著你
> 跟著，講明一點就是糾纏
> 就是愛
>
> ……
> ……
> ……
>
> 愛我，請一刀斃命
> 好讓靈魂宅急便地提早黏住你

　　這首〈黑貓〉是《貓眼，或黑眼珠》情詩集輯——〈給貓

咪的十二行詩〉的第一首，愛情的姿態十分剽悍決絕。愛到深處無怨尤嗎？那太陰柔太隱忍了。詩中愛情的另一方，令人忍不住要聯想起刺秦的荊軻烈士，懷中地圖藏著短刀匕首，引吭高唱：「風蕭蕭兮易水寒，壯士一去兮不復還！」充滿陽剛的壯烈與不妥協，「講明一點就是糾纏／就是愛」。這是社會新聞恐怖情人任性和一廂情願的態勢了，莫渝抓住這陷溺無法自拔的愛情風暴，利落的詩筆迎面劈來：「愛我，請一刀斃命／好讓靈魂宅急便地提早黏住你」。

詩中對黑貓的「黑」，有一番詮釋：「黑，是我的本質／女巫賜予的／同時逼你現身」，除了表現黑貓形體色彩帶來的神祕感之外，還帶出黑色詭譎，自慚殘酷的隱喻，與詩的前後段相互呼應唱和，表現一種毀滅性愛情的面貌。

眼睛是靈魂之窗，許多不言之語在它的顧盼間悄悄傳遞。莫渝的〈貓眼〉對眼睛有如此描述：

當我正對著貓的眼睛時
迷魅的光芒正視著我

瞬間，尖銳無比的利劍
旋轉的波浪　　直鑽心底

攫奪我的視覺
我的魂魄飛離軀殼

……

問情——談莫渝的情詩集《貓眼，或者黑眼珠》

021

……

……

……

沒有靈魂支撐的
我的軀殼，還在期待什麼？

　　從眼睛所發出震懾靈魂的波光，除了魔魅就是情人了，這
情人還是猶疑、試探、渴求、焦慮混合複雜心緒的愛情他方，
所獨有的功力。那麼，這鈎魂攝魄的貓還是貓嗎？如此患得患
失，失魂落魄的「我」，又是誰？
　　另一首〈貓拓〉，呈現另一幅痴愛的圖像：

將心愛的貓的圖像
拓印成衫，穿在身上
儼然情侶裝
認定如影隨形的親密
喜茲茲地出遊逛街

……

……

……

……

捉摸不定的女人

仍是我錐心卻不安分的情婦

　　現實生活中，是真有愛貓成痴的人，可能把他心愛的毛小孩拓印成衫，穿在身上，如影隨形，喜孜孜地出遊逛街。詩到第二段「貓，守不住固定圖像／九命貓九張面顏／不同時空露臉／要在第幾日的封印／才能鎖住牠的飄」，卻呈現出愛情的飄忽、不確定以及焦灼感。末段「捉摸不定的女人／仍是我錐心卻不安分的情婦」，女人指的是貓嗎？或者貓其實就是女人。詩中的「我」又站在怎樣的位置？這情愛的演繹，頗迷離。

　　如果貓系列的情詩，是愛之河的飛瀑湍流，「細雪、雨和玫瑰、Love」的情詩，則是涓涓小溪中，水和溪石激起的小浪花。愛情是一種雙向運動，詩中透過細雪飄落，一場驟雨，或者出牆的玫瑰花的穿引，表現對愛情的彼方充滿等待、焦慮、回憶的情境與感受。

細雪　01.

室內，燈未熄

感知不到夜，早已降臨

感知不到雪，早已飄墜盈尺

飄墜的，豈止是初遇時相似的細雪

無聲息的飄墜

如何承接？

又如何跟誰預約重現的來年？

我困在
將深埋的種籽提早萌發的
徒然等待

在細雪飄墜的日子，追憶初遇的細雪。眼前這場雪已不是兩情邂逅的那場雪。逝者不可追，來者無期。淡淡的憂傷，淡淡的惆悵在字裡行間飄移，充滿情景交融的美。

「給海倫十二行詩」，情詩的彼方──海倫是有故事的，連結荷馬的兩部史詩《伊利亞特》（*Iliad*）和《奧德賽》（*Odyssey*），引發希臘特洛伊（Troy）十年戰爭，《木馬屠城記》女主角，有「世界上最美麗的女人」之稱的海倫。

在聖托里尼
回到希臘之前
親愛的海倫
我們先在小島歇息

水浪猛烈撞擊
宛若此刻的心跳

島上藍白相間的
愛與輕語
交融現實的對視與貼近

離開小島後

藍得足夠自溺的海水

流進記憶

化作摧心的濤聲

　　故事背景是特洛伊王子帕里斯（Paris）訪問鄰國的斯巴達，被斯巴達王后海倫絕美的丰采傾倒。兩人墜入愛河，冒著可能引發濤天風暴的危險，雙雙牽手私奔。

　　私奔後來到聖托里尼小島。理智與激情，恐懼焦慮和眷戀相互糾纏。詩中的敘述者即為帕里斯王子。「愛與輕語／交融現實的對視與貼近」，感情上，迫切想望此刻的剎那能化為永恆，但前面是斷崖，後面追兵戰鼓聲聲急敲。「離開小島後／藍得足夠自溺的海水／流進記憶／化作摧心的濤聲」，未來，命運之神將會把他們逼到哪裡？那是無法想，不敢想的事。但至少，還有記憶，歡樂的、痛苦的、絕望的，愛的回憶。詩中最後一句：「流進記憶／化作摧心的濤聲」，餘音迴盪，令人低迴惘悵。

　　《貓眼，或者黑眼珠》書中，詩人莫渝用各種切面，傳達愛情的面貌。情詩中愛情的彼方是個複合體，浪漫、想像的戀人，與智慧機巧的作者結合，表現出想像的激情與冷靜的自制。愛人在嗎？或者只是虛位的存在？不管在或不在，透過貓、雨、雪、玫瑰和親愛的愛倫的象徵和詮釋，給「問世間情為何物」的大哉問，另一面向的體會和感悟。

2017 年 7 月

迷情，深情
——讀莫渝情詩集《貓眼，或者黑眼珠》

簡素琤

前言

今年七月時，接到莫渝先生的電話，邀請我為他即將出版的詩集寫個評論介紹，我一口氣答應下來。因為，莫渝一直是我尊敬的前輩，他對文學的熱情與投注，讓我衷心佩服，也是鼓勵我繼續努力耕耘文學園地的靈感之一。但，閱讀他寄來的詩集之後，我卻感到不知所措，因為，這本共包含50首詩的情詩集，大大超出我對莫渝詩歌向來的理解。我與莫渝先生相識，是在他擔任《笠》詩刊編輯的時候，我偶而投寄詩稿，他知道我專修比較文學、主修台灣文學的背景之後，邀請我為《笠》詩刊詩人前後寫了約十來篇的詩評。我認識的莫渝先生，是寫《革命軍》以憤怒諷刺的口吻針砭時政的詩人，是寫〈苦竹〉、〈泥鰍之死〉語氣溫和卻隱藏深度悲憤的詩人，是寫《第一道曙光》樸實無華的詩人，是寫《光之穹頂》愛鄉土的本土詩人，但他內心個人抒情與受西方文學影響的一面，卻一直是我較為陌生的部分。加上，這50首分為五輯的情詩，抒情的對象不一，時而隱藏、時而真實與想像不分、時而運用不同的象徵與風格表達，更讓我遲遲不知如何下筆，才不致扭曲詩人的本意。而經過這段時間對他的文學歷程與這本情詩的研讀探究之後，關於莫渝對「美」與「愛」始終的堅持與深情的

一面，我終於有些比較全面深入的了解。

從莫渝對文學至死不渝的愛談起

　　莫渝，是詩人兼學者與翻譯家林良雅（1948- ）的筆名之一。取名莫渝，似乎有期許自己對文學藝術保有至死不渝的情衷之意。他對文學的堅持與熱情，可從他豐沛的文學相關著作看出。莫渝於七〇年代起，便致力介紹法國文學，多年來（尤其在1999-2004擔任桂冠圖書公司文學主編期間）出版多本法國文學作品的翻譯與介紹評論書籍，翻譯法文散文、童書〈小王子〉與千首以上的法文詩。他也長期關注兒童文學的領域，並主要關切以《笠》詩刊詩人為主的本土詩人。莫渝1983年加入《笠》詩社，於2005-2012年期間擔任《笠》詩刊編輯，著作了介紹《笠》詩社歷史與多本研究本土詩人群像的書籍，對文學的執著，始終如一。而除了以學者、編輯與翻譯家的身分耕耘文學園地之外，莫渝最重要的懸念，就是詩歌創作。莫渝寫詩，始自1964年就讀台中師專時期的〈晨露〉，至今詩齡已超過半個世紀。雖然2005年以前，詩作僅224首，但之後創作力噴發，出版多本詩集，除了中文詩集以外，還包括兩本台語詩集。他的詩向以寫實清寯的詩風，紀錄自己對台灣土地與人情、政治時事的觀想，也以抒情的詠懷，寫下親情友情與愛情。莫渝，可謂人如其名，對文學，尤其是詩歌的熱情，始終抱持「綿綿無盡，至死不渝」的情懷。

話說從頭：莫渝情詩集《貓眼，或者黑眼珠》之前，其詩風的變與不變

　　莫渝對文學的熱情，是安靜燃燒卻炙熱的藍色火焰。他的詩，常予人以「溫婉」、「溫厚」、「寫實」、「平實」、「真摯」、「安靜」之感，在平實真摯處，像波波的漣漪，造成溫和感人的力量。在彭瑞金編輯的《台灣詩人選集・莫渝集》的介紹裡，是這樣談他的詩的：「他的詩是負責任的詩，沒有呼喊、沒有期許，只是虔誠地反映他的心靈。有限的心靈關照，寫有限的詩，應該是莫渝寫作的座右銘」[1]。在情詩集《貓眼，或者黑眼珠》之前，莫渝向來的詩，承繼《笠》詩社詩人的寫實與本土信念，沒有魔術的修辭或驚奇的意象，迥異於超現實主義的夢囈用語與破碎意象組合、浪漫主義的自由神祕傾向、或中國古典文學的禪意與意境，而常以現實事物入詩，以明朗的語言，表達其對人世間的情感與關懷。以莫渝在1991年出版的《浮雲集》中的一首詩〈腳踏車〉為例，莫渝以平淡的語氣，寫實寫事，從不忍移走父親的舊腳踏車，道出對已故父親的無限思念：

　　　　那部破腳踏車

　　　　父親，自您走後

　　　　仍然擺在簷下

---

[1]　見彭瑞金編。《台灣詩人選集・莫渝集》解說。國立台灣文學館，2010。

您曾提過

寒冬踩腳踏車好吃力

希望換摩托車

繼而想想，又得花一筆錢

還是讓腳踏車的生鏽鏈條

依舊演唱

讓破車心疼如絞

我們顧不了風雨的侵襲

只因為

不忍挪開門前的唯一擺飾

不忍挪開對您的記憶

　　這是莫渝典型令人感動的詩風，不用石破天驚之語，也未隱含欲言又止的言外之意，而是以日常生活所見的事物「腳踏車」入詩，從簷下的破腳踏車寫出已故父親的節儉與樸實，詩人睹物思人，念舊思親的無盡情感，在平實平淡中，蕩漾開來，淡淡而悠久。這樣的清淡平實的詩風，即使在莫渝書寫死亡時，亦復如此。舉其2005年的〈死亡書〉[2]一詩為例，「花謝了／葉子掉了／時序更替了／／捻熄燭光／許多相識的、不識的，都陸續離開／／不待酒杯空乾／我一樣坦然走開／與你遠離」。莫渝寫死亡，不見悲傷感嘆的情緒，淡淡然只如面對尋常所見的葉落花謝、季節更迭、吹燈就寢。面對死亡，

_____

[2]　見莫渝，《第一道曙光》，台北市：秀威資訊科技，2007。頁39。

迷情·深情——讀莫渝情詩集《貓眼，或者黑眼珠》

0
2
9

詩人表達的是宴席散後離場的自然。在這首詩中，由於詩語言的簡單平淡明朗，減少對死亡的諸多想像，卻多了幾分坦然的踏實感。

　　但其實，莫渝的詩風，並不一定都是溫厚的。他早期的詩，常顯露孤獨卑微之感，並時而有悲憤之情。如1972年莫渝所寫的〈泥鰍之死〉[3]，從頑童嬉笑凌虐泥鰍，影射卑微人物被無憐憫心的主宰者壓迫踐踏的情狀，以寫實的敘事方式，傳達出被凌虐踐踏的悲憤之情：

　　再哭，連眼淚都將是太陽豐富的午餐

　　逃課的學童從泥淖裡挖出
　　一尾泥鰍
　　左右手輪流緊捏，然後
　　甩到熱可燙手的石岸上
　　嬉笑地回家

　　留下我
　　孤獨的想著家
　　想著如何安排乾癟的靈魂

　　泥鰍何辜？但牠的痛與死，全然被忽視了；牠的苦難，只是頑童的嬉笑工具。在這首詩中，莫渝以一貫平實溫和的語

------

[3]　首登載於《笠》詩刊，第50期（1972.08）。

言，從泥鰍的觀點敘述泥鰍被凌虐的悲劇，雖然語氣溫和保留，傳達的卻並非對無知施虐者溫柔的理解與承受，而是一種被主宰者無情踐踏後眼淚與血肉往肚裡吞，無言的極致抗議。莫渝這種激烈的抗議精神，一直潛藏在他溫和平淡的詩風之下，一直到2010年出版的《革命軍》詩集，才如廣島核彈般爆炸開來。解嚴後，本土作家終於能自由書寫台灣歷史創傷、政治壓迫、土地國家認同、社會與政治事件等等議題，在這樣的氛圍中，莫渝寫出多首辛辣嘲諷的政治詩，集結成《革命軍》詩集，主要把對當權馬政府的種種偽善無能腐敗，秉持達達主義的破壞精神，極盡嘲諷之能事，大加撻伐。舉〈無頭蒼蠅〉為例，他藉描寫無頭蒼蠅煞有其事地飛行巡視自己的勢力範圍，諷刺政治人物的蠅營狗苟：「蒼蠅很忙　很盡責／飛天乏術／盡在咫尺空間耀武揚威／／偶而發出幾響嗡嗡／表明牠的飛行勢力仍在掌控中」[4]。在這首詩中，莫渝以擬人的手法寫蒼蠅，藉以嘲弄政治人物的醜陋，諷刺他們不能心懷理想如鵬鳥展翅，而像喜食腐肉膿包的蒼蠅，忙著拍打小小的翅膀，巡視自己微小的勢力範圍。

而儘管莫渝的詩可能抗議、嘲諷、批判或抒情，不論他的中文詩或台語詩，甚少改變的是他寫實平鋪直敘的敘述方式、清淡安靜的詩語言、以及明朗的詩句底下一波波盪開的意義與情感。2008年，莫渝在獲得「第十六屆台灣榮後詩人獎」時接受岩上的訪問，陳述自己的創作理念，說自己「拒絕組合『一堆破碎的意象』或『沒來由的意象』，甚至『佳句的衍生與漣

迷情，深情──讀莫渝情詩集《貓眼，或者黑眼珠》

031

---

[4] 見莫渝，《革命軍──莫渝詩集》，台北市：秀威資訊科技，2010。頁88。

漪式的擴展』，我堅信詩必須賦予意義。」[5]就像在〈第一道曙光〉中[6]，莫渝完整敘述觀看日出第一道曙光的情景，並清楚賦予觀看元旦第一道曙光的意義：「趁夜晚／許多人摸黑趕至山巔海邊／帶著逐漸高亢的興奮與期盼／尋找最佳位置／／不論第一道曙光出現何方／它，都會透過厚重雲層／直抵我心／明亮我心」。第一詩節，莫渝敘述群眾在山巔海邊等待迎接2005年元旦第一道曙光的情形。第二詩節，則簡明表達第一道曙光無論出現何處，甚至被厚重雲層遮住，它都會直接照射到詩人的心上。至此，整首詩被賦予清楚的意義──雖然雲層遮蔽可能使人不見曙光，詩人依舊能在心裡看到它的明亮。這首詩沒有華麗的詞藻或令人印象深刻的意象，只以簡單樸實的文字，平鋪直敘的敘述元旦迎接曙光的景象與心情，卻能再現詩人在山巔海邊的群眾當中，在雲層遮蔽下，堅定其以「心」迎接元旦第一道曙光的情景。細讀這首詩，詩人和其他群眾站在一起，期盼光明，堅定面向明亮與希望的信心，與眾人心心相連朝向光明的心情，簡明清晰地被傳達出來，而產生動人的力量。

莫渝的抒情本質

　　莫渝1960年代開始寫詩，其實是從他自稱的「小我」與宣洩個人情緒出發的。在70年代末期後，才有意識的擴大寫作範圍，更積極走向反映鄉土性、社會性與民族性的本土風

---

[5]　見岩上，〈詩人莫渝得獎專訪問答〉《第十六屆榮後台灣詩人獎──莫渝的文學旅程》，財團法人榮後文化基金會，2008。

[6]　莫渝這首詩寫於2005年元旦。見莫渝，《第一道曙光》，台北市：秀威資訊科技，2007。頁35。

格[7]。本質上，他是個抒情詩人，因為社會責任感與對土地的愛，而擺盪在寫實與寫意之間。在他2007年出版的詩集《第一道曙光》的自序中，可清楚看到他抒情的本質。在這自序中，他寫出自己寫詩的十大理由：「1. 寫詩是接受存在主義的理念，證明自己的存在。2. 寫詩是自己有所感動，希望把感動傳染出去，讓感動在人間對流。3. 寫詩是重演〈賣火柴女孩〉的故事，持續點亮火柴，看見詩的天堂。4. 寫詩是安頓自己浮動的情緒，避免波及周遭。5. 寫詩是築繭的作業，封閉自己；能否留給他人保暖，無法預知。6. 寫詩是立足現實主義，掃描人生百態。7. 寫詩是批判惡質的社會現象，找回人類的良知。8. 寫詩是一場浴火重生，不是隔岸觀火。9. 寫詩是一場尤里西斯（奧德修斯）的海上歷險，期待在自己的土地靠岸。10. 寫詩是一場戰鬥，以心血向歷史交換壽命」[8]。前五條寫詩的理由，是為了詩人個人的——寫詩讓他能面對自己的存在、抒發情緒、看見詩的天堂、追尋自我；後五條，才與社會良知、對這塊土地的愛與責任感相關。從這十大寫詩的理由，我們可看出，個人的情感的悸動，對莫渝而言，是使他不得不歌、不得不孜孜創作的重要理由。

對這樣抒情本質的詩人而言，編輯情詩、創作情詩是再自然不過的事了。莫渝於2001年6月出版編選《薔薇不知——台灣情詩選》，收集日治時期開始的台灣詩人的情詩。同年7

---

[7] 見莫渝，〈行吟·前言〉，《無語的春天》序言，高雄市：三信出版社，1979。頁17。在自序中，他期許自己要走出個人，擴大寫作範圍，超越鄉土性、社會性，而達民族性：「只要表現出我們這一個生存時空特有的現象，都可以納入它的範圍。」

[8] 見莫渝，《第一道曙光》，台北市：秀威資訊科技，2007。頁23。

月，出版翻譯《法國情詩選》。2011年，他邀集一些詩人各寫
一首情詩和一篇關於愛情觀的散文，出版編選詩文集《詩人愛
情社會學》。在莫渝即將出版的情詩集《貓眼，或者黑眼珠》
中，他收錄了自己2013年7月到2016年11月之間的情詩創作，這
是接續他台語詩集《春天ê百合》（2011年）與《光之穹頂》
表達對台灣土地的愛與關懷後，從為社會責任而創作，再度擺
盪到為個人抒情而創作。

迷情，深情──讀莫渝情詩集《貓眼，或者黑眼珠》

　　莫渝情詩集《貓眼，或者黑眼珠》共收錄50首抒情詩，分
為五輯。其中，輯一，「給貓咪的十二行詩」、輯二「貓的
物語」，共20首，是為貓咪而寫的詩。輯三，「細雪、雨和玫
瑰、Love」，共16首，分別以細雪、雨、玫瑰、愛為主題，表
達對生命中愛與美的感觸。輯四，「給海倫的十二行詩」，
共8首，則以古希臘引發特洛伊戰爭的傾國傾城美女海倫為冥
想對象，寫出對亙古的愛與美的感動。輯五，「給黑眼珠的十
行詩」，共6首，是為某個想像中或真有其人的女子所寫的情
詩。在這本詩集中，莫渝的詩風，有很大的改變。雖然語言的
乾淨清澈如故，但詩中所欲傳達的意義，卻從明朗到隱藏，
意象與用語，從樸實日常到唯美空靈或魅惑，寫下詩人最隱密
的、對人間情愛包括肉慾之美的悸動。

＊輯一、輯二：給貓咪與愛貓人的詩

　　輯一，「給貓咪的十二行詩」共13首，曾被收錄在他的詩
集《陽光與暗影》（2014年）裡；在編輯導言中，劉克襄認為

這十三首莫渝寫給貓咪的詩，是「此一詩集最重要也最精采的一部分。作者表現得心應手，在描述上展現不凡的思維」[9]。詩人陳寧貴也認為《給貓咪的十二行詩》是「國內寫貓最完整之詩」[10]。在這13首十二行詩中，莫渝從不同想像切入，寫出貓咪的種種姿態與魅惑力。其中，〈黑貓〉、〈貓〉、〈貓爪〉三首詩，衍繹自美法文學作品。〈黑貓〉這首詩，是十九世紀美國詩人兼小說家愛倫坡驚悚小說〈黑貓〉的演繹，以黑貓女巫般的自述口吻，描繪出黑貓令人摸不透的、驚悚的魅惑之感：「不論把我怎麼處理／或寵或棄　甚至無情毒手／我的魂魄都要跟著你／跟著，講明一點就是糾纏／就是愛／／……／／愛我，請一刀斃命／好讓靈魂宅急便地提早黏住你」。如愛倫坡小說中被主人凌虐死的黑貓幽靈一般，黑貓像熱情的卡門，黏著愛牠也凌虐牠、使牠又愛又恨的主人，揚言將至死不休地黏住跟隨。〈貓〉這首詩，則演繹自十九世紀法國詩人波特萊爾的〈貓〉，同樣的都描寫愛貓在主人臂彎裡，愛嬌迷媚的模樣，充滿肉慾之美。莫渝寫貓眼的魅惑、貓被撫摸時隨著呼吸的身體波動、牠的體溫與體香，生動地描繪出愛貓如慵懶電眼美女的婀娜模樣：「……恣意地耽溺於／搭配呼吸的起伏弓背／彷彿海浪的拍擊／波波永無止歇的生機／／瞧！荷電的碧色流盼／那是剛離去卻時時回溫撒賴的女伴／靚麗眼瞼散發迷魅／且蠕動柔軟軀體的危險幽香」。而〈貓爪〉這首詩，演繹自二十世紀法國童書作家埃梅的童話故事〈貓爪〉，則充滿

---

[9] 見劉克襄〈陽光與暗影編輯導言〉，莫渝，《陽光與暗影》北台灣文學作家作品集，新北市板橋區：新北市政府，2014。

[10] 見網路《陳寧貴詩人坊》http://ningkuei.blogspot.tw/2015/01/blog-post_47.html （2015/01/14）

童趣，不同於前兩首詩的魅惑妖異風情。在埃梅的故事中，生活在農家的貓主角，舉起爪子抓耳後，就會招風喚雨。在莫渝的〈貓爪〉中，莫渝想像眾生物圍繞著這隻奇特的貓，屏氣凝神等牠舉爪招雨的情形，十分可愛：「眾生靈成圓正襟危坐／眼珠子齊注圓心／西方貓祭司不戴綸巾／不揮拂塵　不唸咒語／爪子輕輕舉起　往耳後猛抓／不抓食物　不為揮別／／五爪之銳　銳不可當／招風　風來／喚雨　雨來……」。

「給貓咪的十二行詩」中其餘的詩，則繼續發揮莫渝對貓風情的各種想像，寫貓眼的迷魅（〈貓眼〉）、貓不被操縱的靈魂（〈貓，忽隱忽現〉）、主人對貓的臣服（〈我的貓與貓的主人〉、〈貓拓〉）、貓的禮讚（〈耽美主義者的貓〉）、深夜叫春的貓（〈深夜，貓的情慾筆記〉）、貓抱在懷中的感覺（〈貓的重量〉）等。這些詩寫出貓的神祕、驕傲、耽美、狂野與主人的寵愛，令人印象深刻。另外，〈貓爪戲水〉，是一首相當特別的詩。這首詩以魔術般的戲劇想像，寫出詩人對貓以爪戲水的活潑感受，貓爪忘情戲水時，彷彿原本寂靜的大自然都跟著活潑鼓譟起來：

流水無聲

勻勻的水流
突然，神奇的貓爪出現
田園間流瀉開始暮春的協和曲
打通室內與大自然
合奏美妙的野宴

水聲嘖嘖　濺花似飛

激盪貓咪的昂揚情慾

越用力　越興奮忘我

添加蟬嘶鼓譟

鳥鳴群賀

無聲的流水一直在室外

　　這首詩，以魔幻與戲劇的手法，活潑上演一幕貓戲水的情慾戲。第一個詩節四個字，拉開簡單安靜的序幕。接著，在第二詩節中，貓爪突然地出現，將室內外打通成歡樂的野宴。第三個詩節，寫貓爪戲水的激情達到高潮，水聲水花激盪，加上蟬嘶鳥鳴，熱鬧不已。第四詩節，則在戲水高潮時嘎然而止，徒留室外無聲的流水。如此，這首詩，以聲音變化的意象，將貓的活躍情慾與生命力，鮮明地呈現出來。

　　而貓的這種狂野不拘的情慾，在〈深夜，貓的情慾筆記〉中，有更清楚的描繪：「深夜，仍有斷續吵雜的都會巷弄／貓未眠，耐不住體內的焚燙／還想披星戴月／／……／／卸下妝／面對空曠，嗚嗚數聲／貓覺得裸睡之席／／裸睡的貓　／夢見收割後廣大的番麥田／足以任意翻滾喊叫的席夢思」。在這首詩中，都市的貓，耐不住內心焚燙之感，在星空下完全脫掉束縛，釋放體內的情慾，卸妝、裸睡，在夢境中任意翻滾在廣大收割後的玉米田上，活脫是個放蕩不羈徹底解放的都市浪人。而另一首〈迷貓〉，則將貓的蠱惑魅力寫到極致。莫渝將貓巧

妙寫成懂得施蠱的巫師，藉著近身磨蹭人之際，將蠱放進衣服裡，邊玩邊探詢適當時機，讓蠱鑽進這人的脈絡，從此加以完全操控：「懂得施蠱的貓／巫的化身／／藉故近身 招呼 請教撒嬌／有機會輕觸衣衫／隱形的蠱立即行動／展開歡欣的旅程／／聽話的蠱／在衣衫串門子 在肌膚遊走／邊玩邊探詢／覓得適當時機適當位置 深入脈絡／／懂得將蠱訓練精明的貓／撒旦轉世」。這首詩，將貓對人的魅力，比喻成施蠱，生動地描摹出貓在磨蹭人之際，不經意地就會使人深深著迷無助地愛戀上牠的撒旦般的黑暗魔力。

在輯二「貓的物語」中，莫渝繼續書寫對貓魅力的禮讚。〈貓的咒語〉，以巫術做比喻，描寫貓的魅惑力。而〈貓的招魂術〉更以近乎情慾的方式，書寫貓令人無法抵擋的魅力，彷若貓會施展招魂術一般：「貓，靈巧／用電波看管眼睛／用唇語交換雙唇／用蛇信糾纏蛇尖／用利爪攀牢軀體／最後／用聲音召喚／／已經漂浮的靈魂默認新主人」。這首詩，將貓的整個軀體，從眼睛、嘴唇、舌頭到貓爪的魔力，幾乎全寫了一遍；將貓的身體各部，比喻為電波、唇語、蛇信、利爪等能迷惑勾引人的武器，最後又以喵鳴的叫喚，把愛貓的人靈魂都勾了出來，讓他徹底投降，認了新主人。〈貓謎〉則寫貓像謎一樣，無法猜透、也無法拘束：「無需費心安排或設計／自主的貓是臨時起義的革命軍」。輯二的另外四首詩：〈貓咪，排隊等公車〉、〈瞧見彩虹的貓〉、〈貓女〉、〈愛上菜園的貓〉，則是莫渝路邊所見的幾張貓的隨筆速寫。〈貓咪，排隊等公車〉，把朝陽下閒晃進排公車隊伍的雜色貓，伸展後腿的慵懶姿態，寫得栩栩如生。〈瞧見彩虹的貓〉中，以動物詩的

方式，寫貓咪突然見到彩虹，瞪大圓眼許願要鮮魚的故事，充滿童趣，小貓瞪大圓眼的可愛模樣，彷彿在眼前。〈愛上菜園的貓〉中，描寫貓在菜園高高低低的土裡，跳上跳下玩耍的活潑模樣，也充滿了童趣。

其實，人類對貓的寵愛和迷戀，最早就紀錄在古埃及的皇陵裡，一首獻給名叫「拉」的貓：「讚美妳，噢，拉！崇高的權杖；妳是貓之神，諸神的復仇者，文字的判官，最高統治者之主，皇陵圈的治理者；妳確是貓之神的化身」[11]，這首詩給予了「拉」這頭貓無上崇高的地位。而歐洲各國文學巨子，如英國莎士比亞、華茲華斯、雪萊、濟慈、葉慈、哈代，法國波特萊爾等，與19世紀以來的各國童書、插畫家、藝術家，也都曾以貓咪為題，書寫或畫下無數牠們的迷人樣貌。近來，網路也盛傳各種貓咪的影片，愛貓者稱貓為「貓皇」、「喵星人」，戲稱自己為「鏟屎的」、「鏟屎官」，都呼應了人類對貓咪魅力的無可抵擋，而甘心為其奴僕。莫渝以這二十首獻給貓咪的詩，充分捕捉住貓咪的諸種致命魅力，使貓咪全身所散發的魅惑力、各種可愛的姿態樣貌，躍然紙上，愛貓者實可一讀再讀。

＊輯三：關於愛與美的輕言細語與深情

輯三「細雪、雨和玫瑰、Love」，包含16首詩，分別以細雪、雨和玫瑰、Love四個意象，表達詩人心中對愛與美的感受。

---

[11] 筆者翻譯自英文，英文原文如下：　"Praise be to thee, O Ra, exalted Skehem; thou art the Great Cat, the avenger of the gods, and the judge of words, and the president of the sovereign chiefs, and the governor of the holy Circle; thou art indeed the bodies of the Great Cat."

　　以細雪為題的詩，有四首，詩人主要從細雪聯想到愛情。第一首，從雪夜細雪飄墜寫起，聯想遙遠年代初遇細雪，以手、以心承接飄墜細雪的情形，感慨如今只徒然等待深埋雪裡種子的萌發，卻不知何時能重現當年與某人的約定：「……我困在／將深埋的種籽提早萌發的／徒然等待」。第二首，寫細雪持續飄落，人在廣漠土地雪中行，企盼早日行至有暖流經過不結冰的河口，卻等不到承諾的實現，藉以暗指詩人在內心的寒冬中艱困行走，被冷風吹得幾近麻痺，卻無法抵達被承諾的溫暖河口目的地：「……不結冰的河口處，尚需多久方能抵達？／信諾，曾以為是／／漫行在廣漠的土地／如一片紙人／無感覺的輕飄」。第三首，則以細雪飄墜如琴鍵跳躍，時而輕快，時而溫存，時而激盪和鳴，寫出愛情的歡愉：「……白鍵的你　黑鍵的我／舞動的跳躍／溫存的替換／或者同時按掀的轟響」。第四首，將細雪的飄忽比喻為貓，無法掌握，聯想流失的歲月，而自己在美麗的下著細雪的夜空下，徒留未能及時把握當下的感慨：「……細雪如貓，滑潤不膩／任裸裎的肌膚／癱軟於天鵝絨呢的夜空／我是遲到的戀人／來不及摘下鑲嵌玫瑰的星子」。這裡，將舖滿細雪的大地，比喻成貓，裸裎地癱軟在幾乎觸手柔軟如天鵝絨的天空下，這是引發視覺與觸覺美感的意象，相當精采。

　　莫渝這四首以細雪為題的情詩，語言乾淨意象清新，相當能引發視覺與觸覺意象之美感，表達出詩人內心對生命最原初的美與愛的悸動。只是，台灣平地無雪，在這亞熱帶島國生活的讀者，既無冬天以手捧接輕柔初雪的喜悅，也無漫行隆冬細雪飄墜的廣漠土地的艱困體驗，因此，比較難在他們心裡，引

發立即的共鳴，顯得有些隔閡與費解。

　　另外，輯三中，莫渝以「雨和玫瑰」為題，共有八首，第一首與最後一首都寫晚境，而成為首尾相貫完整的詩組。這些詩，以玫瑰做為美的象徵，表達詩人在晚境中對美永恆的追尋與等待，透漏一種淡淡的哀傷與寂寞感，頗有宋詞的清麗，或西方浪漫詩人徜徉於大自然的清新。詩中所使用的大自然意象：風、雨、霧、露、水珠、滿月、黃葉、花瓣、梧桐子，以及輕柔的語氣，營造出夢幻般空靈的唯美之感。第一首詩，描述詩人在雨後黃昏，玫瑰花也萎縮，在花園邊等候伊人：「黃昏突然亮了起來／因為一場驟雨／／雨，清洗了街道／清洗了西天／連帶萎縮的那株玫瑰／／我在花園邊等你」。整首詩，語言潔淨意象清新，「黃昏」暗指詩人的晚境，「萎縮的那株玫瑰」指詩人心中已垂老的美的感受，「你」則指亙古亙新的唯美感受。第二首，從最初青澀、玫瑰挺立誘人時期，開始寫：「誰家出牆的玫瑰花／挺立籬邊／蠱惑路人／／這個清晨，微微有雨／／豔紅花瓣承載水珠／任意滾滑／晶瑩的韻事欲吐還怯」。清晨時的玫瑰花盛開，花瓣有水珠滾動，晶瑩剔透，這意象清新飽滿，詩人藉此點出青春時期的唯美感受。第三首，寫詩人在日落中歸來，有玫瑰的微笑相伴，使空屋明亮，清風吹拂，毫不寂寞：「拖攜向晚尚留的昏暉／玫瑰迎我／一抹紫豔的微笑／空屋頓然明亮／／不言不語的窗帷／還是被風亂吹」。一朵玫瑰的紫豔，便能帶著如此的魔力，點亮簡陋的斗室，使清風吹亂窗帷，照亮安撫了詩人。第四首，寫玫瑰與亙古如新的滿月相對望對話，指出玫瑰與滿月心意相通，都恆久存在天地間，傳遞無暇空靈之美。第五首，寫黃葉

掉落玫瑰花瓣上，使凋零寂寞之感油然而生：「一陣風／輕搖樹上的一枚黃葉／微微顫顫／正巧停落紅玫瑰上／／『你寂寞嗎？』／『天地之大，何言孤單！』」。在這首詩中，風中黃葉落在紅玫瑰花瓣的意象鮮明，紅玫瑰的生機對比黃葉的枯老，令人頓生愁緒。第二詩節，究竟是詩人問、玫瑰答，玫瑰問、黃葉答，還是黃葉問、玫瑰答，可以產生不同的意義。筆者傾向解讀為，玫瑰問、黃葉答：仍盛放的玫瑰不解寂寞，天真的問老去凋零的黃葉是否孤單，得到如此豁達的答案，而初步學得「獨立天地間、雖孤獨卻不寂寞」之意，詩人孤高的自許，由此可見。第六首，描寫微雨中的花瓣留著淡淡的吻痕，在詩人記憶中逐漸擴大，藉以表達詩人永遠追逐玫瑰所象徵的永恆之美的心意：「……印痕逐漸擴大／在記憶的渡口／浮現與玫瑰互許的承諾」。第七首，寫過了寒露梧桐結子的深秋，飽經風霜受傷的玫瑰，花瓣上滑動珍珠或淚珠般的水珠：「過了寒露，階前／開始羅列五月花開後結實的梧桐子／預示故事的尾聲／／籬邊受傷的玫瑰／恆有滑動的精靈／是珠　亦淚」。這首詩，表達詩人在生命已過深秋之年，飽經世故風霜，心中的玫瑰，仍堅持挺立，而綴滿分不清楚是眼淚或是珠貝因受傷而分泌的珍珠。最後一首，呼應第一首，寫在生命的黃昏、秋去冬將至的時節，詩人對心中孤高玫瑰的感言：「黃昏雨入夢了／落葉的吟哦夾著秋的潮濕未離去／是痛心的賦別？／／獨自守在園裡／親愛的Rose／我怎能無動於衷歲晚的催促？」深秋，黃昏雨打在落葉上，像是在吟唱告別曲，詩人聽聞，不禁感觸歲暮將至，人將老，自己依然孤守詩歌唯美的園地，而對著內心代表「至高之美」的玫瑰感嘆。

這八首依時序寫來頭尾相連的詩，以玫瑰做為詩人唯美靈魂的象徵，讀來輕柔感傷，充滿視覺、觸覺、聽覺的意象之美，詩人自始至終堅持唯美孤高的靈魂，也被清楚地呈現出來。

　　輯三中，另外有四首關於「愛」的主題的詩，則寫下莫渝在不同時空中所感受到的「愛」，不乏佳句佳篇，表達出深濃的愛意。如在〈邊境之愛〉中，詩人寫在某邊境的旅遊中（未明是想像或真實的旅程），雖邊界的詭譎氛圍，令人心生紛亂，但有伴侶同行，如在故園：「隨行伴侶，一如／美麗故園，時時相依」。將伴侶比為故園，有歸家心安之意，深厚的情誼可知。在〈城市之愛〉中，莫渝寫出掩藏在都市裡，無須旁人知曉的深情，在餐廳裡一起用餐對望，也能心靈交會出濃濃蜜蜜的深情，渾然忘我：「純純的／對望　兩座山的四目傳情／細語　都是蜜／相擁　靈修　進入定／貼心　重疊復重疊的圓」。這詩節，將兩個對望的戀人，寫成不動的兩座山，對望的眼神傳達濃濃愛意，在心靈交會中忘我，如入定般，交織出無數圓滿的圓。這樣的寫法，揭開了「愛」可以是隱藏在平靜外表下，源源不絕洶湧的生命源泉，與愛人的心靈結合，可與之入定直通宇宙的奧祕。愛的深情，不可測量。

＊輯四：豔色絕美的愛

　　輯四《給海倫十二行詩》共八首，以古希臘引發特洛伊戰爭的絕世美人海倫為題，做為詩人對愛與美的投注。這些詩，以希臘、愛琴海的海島小漁村為背景，充滿鮮豔色彩希臘的景緻。雖然筆者求證詩人本人時，他否認這些詩與旅遊經驗有關，但這些詩卻有遊記的趣味，而較無隱藏的深意。雖與輯三

的玫瑰一樣，海倫也被當作永恆之美的象徵，但海倫以絕世美女之姿出現，並非玫瑰所象徵的抽象的美的悸動，而是具現的夢中戀人，因此，莫渝寫「給海倫十二行詩」，本質上，是追尋緬懷絕世美女海倫腳步所寫的情詩。例如，〈在聖托里尼〉中，詩人在聖托里尼的美景裡，感覺彷若與海倫同行，海浪的猛烈拍擊呼應詩人內心的激動，藍色的海水像包圍吞噬了他，流進他的記憶裡，讓他彷彿仍可聽見聖托里尼海水的濤聲：「離開小島後／藍得足夠自溺的海水／流進記憶／化作摧心的濤聲」。在異國海島的濤聲白浪和無垠海水的湛藍中，想像與絕美的海倫同行，景緻之美已與愛情想像成為一體。又如，〈焚城之後〉，寫詩人在海島各處懸崖，尋找焚城之後海倫逃逸的蹤跡，因不見伊人只見荒涼而感傷：「幾度幽靈飄回故土／灰燼深埋／心草蓋過斷垣」。

　　而不同於輯三的空靈之美，這八首給海倫的十二行詩，有色彩濃豔的視覺意象，主要謳歌視覺之美的感動。在〈藍格窗〉中，「一株移動的盛豔紅罌粟花／藍格窗邊／輝映著碧海晴空／／緩緩走向迴廊的白色拱門／是妳　親愛的海倫／遙想浮盪空氣中的喃喃自語」：色彩濃豔的豔紅罌粟花，襯映著藍窗格、碧海晴空，恍惚間感覺絕世美女海倫緩緩走向白色拱門，這些意象的色塊對比濃豔醒目。在〈日落愛琴海〉中，眾人選擇最佳位置，「千眼直瞪／攫取稍縱即逝的絕美／／鑲金的一輪白光／把整片海域及西天同步渲染／層次不一的夕陽紅」，鑲金的白光，與整片映照各種層次夕陽紅的海，形成稍縱即逝的絕美圖畫。如此，莫渝在輯四，實以濃豔色彩的視覺意象，捕捉豔色絕美的視覺之美。

＊輯五：與美的永恆追尋

　　輯五《給黑眼珠的十行詩》，共六首，是莫渝為某個不知是否為象徵或真有其人的昔日戀人，以直接對女子傾訴的語氣、濃濃的愛意、宇宙與大自然的意象，寫出的美麗動人情詩。這六首詩，除了第五首之外，均與「客旅」與「行路」有關，表達詩人在短暫生命的流浪與做為人生過客的旅途中，追憶永恆的真愛與唯美。以第一首詩為例，這首詩，寫詩人在不知是終宵未眠天將亮之際，還是等待至黃昏天將黑之時，在昏黃路燈成排延伸的道路上，想念天際銀河裡的愛人：「天色微明／昏黃路燈成排一字延伸／至盡頭／我在乾河道奔馳／懷想妳，吾愛／／時時懷想／浩渺銀河系的流亡，或／浪遊／妳在遠方／回憶將妳拉近」。這是首回憶相思的詩，不在身邊的戀人，是曾與詩人精神上自由徜徉浪遊浩瀚天宇的伴侶，而今詩人在路燈延伸成的「乾河道」（意指「道路」）上奔馳，懷念故人，這寫法與鄭愁予的〈雨絲〉類似，兩首詩都將戀情拉至銀河宇宙的不朽高度，可謂戀情綿綿永留人間。再以第四首為例，詩人追尋戀人的身影，以玫瑰與流泉，比擬記憶中戀人的美麗，意象相當清麗柔美：「戀人走過的路徑／留有太多細語的玫瑰／香溢　無從躲藏／／戀人待滯的室內／幻影飄忽／尚未出境的清澄流泉／／紅玫瑰遇見白色浪花／河面河面漂流的／盡是緋色記憶／盡是水花倒影」。這首詩極美，戀人的身影在走過的路徑，如玫瑰香氣撲面而來，令人無從躲藏，不相思自相憶，對戀人深情的思念，躍然紙上。而戀人停留過的房間，戀人的身影，猶留滯室內，如尚未出谷的清泉，令詩人心

靈清涼，戀人對詩人的精神撫慰力，如此清楚地被呈現出來。在第三詩節，詩人以紅玫瑰的花瓣漂流在清泉白色浪花上的意象，寫出對戀人盡是美好的記憶，緋色而沁心，寫得極美。

這詩組的第六首，以貓眼的女子為題，其實就是獻給使詩人日夜思念的那個唯美記憶中的戀人，有黑眼珠的女子：「黃昏，貓眼的女人／走過通衢／無視紅綠燈的轉換／／那雙幽邃黝黑的圓眸／無從測量的深潭／分別溺著我的渴望／／把愛遺忘在遠方／直等暮秋落葉／對小徑的碎石子／貼心告白」。這首詩，寫出了詩人的深情，黃昏路邊所見的貓眼的女子，使他想起戀人那深如水潭神祕不可測的圓眸，但這個愛，雖被遺忘在遠方，卻在葉落時，葉子會幫他說與地面的碎石子聽。其實，詩人沒忘記，而是深埋心底，至死方休。嚴格說，由落葉說與小徑的碎石子聽，落葉辭枝頭，已經失去生命，卻還訴說，這樣的深情，與其說是至死方休，不如說是至死「未」休，如何讓人不感動？尤其是，詩人以一貫平靜的語氣寫落葉對小徑碎石子「貼心」告白，此處「貼心」表面上是溫柔體貼之意，但其實另有「心貼著心」的深意，更令人感到詩人情意之深切。

＊結語

綜觀莫渝情詩集《貓眼，或者黑眼珠》，我讀到了非常不一樣的莫渝。雖然他語言的潔淨依舊，但不同之前常見的平實日常用語的詩語言與本土題材，我讀到法國文學與中國古典詩詞對莫渝的影響：美法文學的演繹、西方文學對玫瑰的歌詠、古希臘的海倫、中國古典詩詞的空靈清麗意象等等。莫渝的情

詩，不是只歌詠愛情的情詩，而是廣義的情詩──為貓咪謎樣不受拘束的靈魂而寫、為抽象的內心深處至美的感受而寫、為追尋「愛」的能力而寫、為歷史上傾城傾國的古希臘海倫而寫、為人生伴侶而寫、為昔日戀人而寫。他讚美貓咪魅惑人的情慾力量，深情追尋永恆的「愛」與「美」。而莫渝的情詩所呈現的這種情欲與深情，並非短暫絢爛噴發的間歇泉，而是溫柔而堅持的汩汩清泉，實則源自他內心最深處的情感幽谷。在他清雋的文字底層，藏著的是他源源不絕對於「愛」與「美」的深情。

　　古今中外，動人的情詩，總能讓人低迴，傳唱千古。每讀蘇軾思念亡妻的〈江城子〉，讀到蘇軾寫夢見自己還鄉歸家，見到亡妻相顧無言的情景，總讓我感到悽悽然，尤其最後兩句「料得年年斷腸處／明月夜，短松崗」，描繪出詩人的身影，年復一年，出現在明月下，栽種短松的山丘上，徘徊著思念亡妻，椎心斷腸，這樣的情深義重，令我內心的波動久久不能平復。讀完莫渝的這本情詩集，感覺比讀狹義愛情的情詩複雜，也改變我對情詩的定義。我讀到了歌詠愛情和愛人以外的情與愛，我讀到詩人對追尋永恆的「愛」與「美」的執著，讀到了「愛」與「美」化身成的諸種面貌，也讀到了詩人令人動容的深情。相信莫渝這樣的情詩集，應該也會引起眾多「有情者」的共鳴才是。

2017年9月5日

談情詩

莫 渝

　　情詩，可以像海，奔騰咆哮，或風平浪靜；情詩，可以像山，外表看似不動，內裡儲存巨大的能量，或是提供高度熱能的黑色燃煤，或是引發火山爆發的滾燙熔岩；情詩，可以像井，或是「波瀾誓不起」，或是盼望汲水者的挑弄；情詩，可以像漫漫春光，雀躍整個人心，或是融蝕骨髓，不得安寧；情詩，可以像無端秋雨，細綿綿的，漸行漸遠更悵惘。

　　　　　──摘自〈纏綿或者糾葛──台灣詩人筆下的情愛點滴〉

　　情詩作者執筆時，大都有特定的對象。作者可以坦承，如法國洪薩（1525~1585）的《給海倫的十四行詩集》、拉馬丁（1790~1869）為艾薇‧夏烈夫人寫的〈湖〉、繆塞（1810~1857）給喬治桑（1804~1876）的〈四夜組曲〉；也會出現難言或隱晦，如莎士比亞（1564~1616）的某些十四行詩、李義山（812~858）的〈錦瑟〉詩等。不論何種情況，作者與當事人均不在場的時空下，更能凸顯情詩的永恆和普遍，也因此，代代有人吟詠感應早期的情詩，代代有人創作傳播新的情詩。

　　　　　──摘自〈不勝嬌羞的水蓮花──讀徐志摩的情詩〉

情詩，不論熱情奔騰的激動，如繆塞；或者兩情脈脈的含蓄，如古爾蒙；或者向古典索求精神戀愛，如聶瓦；或者在墳頭植柳覓取安息，如繆塞；或者表露無遺的慾情，如波特萊爾；都足以令人低吟不已，迴盪再三。

　　人生苦短，幸而詩人巧思，留下情詩，讓情侶青春永駐，讀者欣賞情詩之餘，也在心中迴盪著青春依舊。

——摘自〈法國情詩漫談〉

目　次

給貓咪的十二行詩（13首）

（3首）刊登《自由時報・D7・自由副刊》，2013.08.18.
（10首）刊登《鹽分地帶文學》49期，2013.12.31.

12，圓形圓滿的數字。

13，是另一新生記數的開始。

貓的神祕與13結連，周而復始。

黑貓
──衍繹愛倫坡（Edgar Allan Poe, 1809~1849）的〈黑貓〉

不論把我怎麼處理

或寵或棄　甚至無情毒手

我的魂魄都要跟著你

跟著，講明一點就是糾纏

就是愛

黑，是我的本質

女巫賜予的

同時逼你現身

擔綱這齣戀情劇的要角

扮演好人兼職殺手的故事

愛我，請一刀斃命

好讓靈魂宅急便地提早黏住你

（2013.07.08.）

貓

——衍繹波特萊爾（Charles Baudelaire, 1821～1867）的〈貓〉

跳上來，心愛的貓咪
停在我疼惜的左臂彎，牢牢捧住
讓我用右手輕撫你安靜的頭，以及
有灰白雜黑絨毛的滑順弓曲背部

恣意地耽溺於
搭配呼吸的起伏弓背
彷彿海浪的擊岸
波波永無止歇的生機

瞧！荷電的碧色流盼
那是剛離去卻時時回溫撒賴的女伴
靚麗眼瞼散發迷魅
且蠕動柔軟軀體的危險幽香

（2013.07.11.）

貓爪
——衍繹埃梅（Marcel Aymé, 1902～1967）的〈貓爪〉

眾生靈成圓正襟危坐

眼珠子齊注圓心

西方貓祭師不戴繪巾

不揮拂塵　不唸咒語

爪子輕輕舉起　往耳後猛抓

不抓食物　不為揮別

五爪之銳　銳不可當

招風　　風來

喚雨　　雨來

爪　延伸通向五湖

汲納復施放

為大地紓解長期的乾旱

（2013.07.05.）

貓爪戲水

流水無聲

勻勻的水流
突然，神奇的貓爪出現
田園間流瀉開始暮春的協和曲
打通室內與大自然
合奏美妙的野宴

水聲嘖嘖　濺花四飛
激盪貓咪的昂揚情慾
越用力　越興奮忘我
添加蟬嘶鼓譟
鳥鳴群賀

無聲的流水一直在室外

（2013.07.04.）

貓眼

當我正對貓的眼睛時
迷魅的光芒正視著我

瞬間，尖銳無比的利劍
旋轉的波浪　直鑽心底

攫奪我的視覺
我的魂魄飛離軀殼

我不自禁地癱軟。之後
歷經調養，微微站立街頭

那是我最後一次看見貓的身影
一雙發光的碧眼是永遠的記憶

沒有靈魂支撐的
我的軀殼，還在期待什麼？

（2013.07.03.）

貓，忽隱忽現

來去自如
貓，主宰一切，不被操縱
相處時心喜
看不到則心常罣念

明明蹲踞身旁
一晃眼，無影無蹤
遁走了？原來牠，自在
又自如，無拘無束

忽隱忽現的貓
是肩負死間的革命份子
為了創建獨立的愛情家園
完成一場又一場的使命

（2013.07.03.）

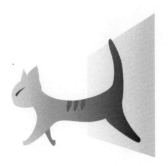

我的貓與貓的主人

理論上，我豢養了一隻貓

貓的主人，是我

實際上，只在牠出現身邊

我，才有主人的光彩

一旦從眼前逸失

主人的資格同時黯然失色

貓的主人是誰？在哪裡？

這是我絞盡腦汁終至抓狂的導因

淪為無恆產無私有物的街頭流浪漢

我不甘心遭貓戲弄

終日期待

貓回來與我相依

（2013.07.03.）

貓拓

將心愛貓的圖像
拓印成衫，穿在身上
儼然情侶裝
認定如影隨行的親密
喜茲茲地出遊逛街

貓，守不住固定圖像
九命貓九張面顏
不同時空露臉
要在第幾日的封印
才能鎖住牠的飄移

捉摸不定的女人
仍是我錐心卻不安分的情婦

（2013.07.04.）

耽美主義者的貓

誰想預約貓？
信仰耽美主義者的貓

挑嘴的貓，自吟自唱的抒情歌手
嗜鮮的貓，非素食主義的劇本主角
安靜卻不乖馴的貓，靈魂異象觀察家
狡黠的貓，深具智慧不信第三者會出現
自戀的水仙子貓，經常鏡鑑顧影
行動孤僻的貓，愛上酒神巴克斯提供的靈感
野性的貓，隨時展示嗚嗚的本能
慵懶的貓，最懂得身段柔軟委婉的舞蹈

集九Muse 於一身
誰能預約耽美主義者的貓？

（2013.07.11.）

深夜，貓的情慾筆記

深夜，仍有斷續吵雜的都會巷弄
貓未眠，耐不住體內的焚燙
還想披星戴月

披星戴月，清冷的夜涼
最適宜無設防的談心
卸下白日的妝

卸下妝
面對空曠，嗚嗚數聲
貓覓得裸睡之席

裸睡的貓
夢見收割後廣大的番麥園
足以任意翻滾喊叫的席夢思

（2013.07.11.）

貓的重量

貓有多重
或者貓有多輕？

可以挾提
是腋下的名媛軟皮包
可以攬抱胸前
最最貼心的寵物

走路無聲，貓如雲
雲，不成雨時，無人知其重量
行蹤如謎
謎，飄移無定形，如何過磅測知

貓的重量　不在數字
由主人疼愛的天平宣示

（2013.07.06.）

迷貓

懂得施蠱的貓
巫的化身

藉故近身　招呼　請教　撒嬌
有機會輕觸衣衫
隱形的蠱立即行動
展開歡欣的旅程

聽話的蠱
在衣衫串門子　在肌膚遊走
邊玩邊探尋
覓得適當時機適當位置　深入脈絡

懂得將蠱訓練精明的貓
撒旦轉世

（2013.07.08.）

革命軍的貓

革命軍暗夜遣送訓練忠誠的單兵貓同志

深入對方

偷戰備情資

偷行動手冊

偷集合定點

偷腕錶時間

偷化妝品

偷面具

臨走之際

順手掏取蹦跳鮮豔的紅心

歸來

獲頒高級水晶製「赤膽精靈」勳章

（2013.07.08.）

輯二

貓的物語（7首）

刊登《笠》詩刊第299期,2014.02.15.

貓的咒語

女巫轉世的貓，自然

術法無邊

每一舉動都是天威

每一句話都成咒語

親愛的貓咪

繳交雙目與靈魂之後

我無所遁逃地

必然臣服

（2013.07.24.三）

貓的招魂術

貓，靈巧

用電波看管眼睛

用唇語交換雙唇

用舌信糾纏舌尖

用利爪攀牢軀體

用肌膚揉搓肌膚

最後

用聲音召喚

已經飄浮的靈魂默認新主人

（2013.07.25.四）

貓謎

召喚不來　踐得很（不理任何誰？）
驅趕不走　強力膠（黏誰操之在我？）

猜不透的宣傳
意料不到的行動

這般謎樣的貓
應該有脈絡可循的思維

無需費心安排或設計
自主的貓是臨時起義的革命軍

（2013.07.26.五）

貓咪，排隊等公車

一夜好眠無夢的雜色貓
沿路邊拖拉閒晃
在趕早班車上班族的背影處
停住　排隊

牠好整以暇
伸張伸張有些痠累的後腿
影子前端
朝陽正無私卻猥瑣地賜予酥軟

（2013. 08. 02.）

瞧見彩虹的貓

平日低頭族的貓
走著走著
突然
湧出一股心血　朝上瞧
眼睛睜得大大

一道彩虹橫掛前端天邊
彎彎的橋
有什麼好看？

牠想起媽媽的話：
「看到流星，趕快許願；
見到彩虹，願望實現。」

貓咪想：
我的什麼願望即將實現？

「一尾魚，新鮮無刺順口。」

（2013.08.02.）

貓女

打扮「貓女」的街頭藝人
吸引大小遊客的圍觀
相機手機頻頻攝取適當的美鏡頭

舉止酷似
俊俏的貓臉貼著嬉笑小男孩
長長的尾巴不時晃動
收斂的利爪撫摸也被摸
小女孩又驚又喜

標榜「貓神」的街頭藝人
一副貓女模樣
被圈在兩坪左右的圓形活動台
施展不出貓的謎樣本性

愛上菜園的貓

肉食的貓
突然愛上菜園

菜園高高低低　可躲可藏
菜園有土
扒土好玩有趣
土，乖，不反駁沒對抗

喜歡菜園的貓
愛上玩土（跟土地結親）

因為農夫
貓，喜歡逛菜園

（2013.08.03.）

輯三

細雪、雨和玫瑰、Love（16首）

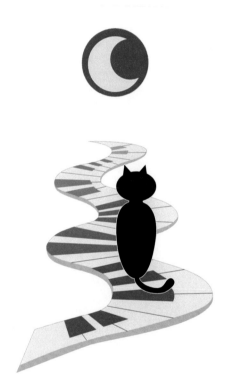

〈細雪〉，刊登《文學台灣》秋季號第92期，2014.10.15.
〈雨和玫瑰〉，未發表。
〈Love〉，未發表。

細雪（十行詩）4 首

01

室內，燈未熄
感知不到夜，早已降臨
感知不到雪，已然飄墜盈尺

飄墜的，豈只是初遇時相似的細雪
無聲息的飄墜
如何承接？
又如何跟誰預約重現的來年？

我困在
將深埋的種籽提早萌發的
徒然等待

02

細雪一直飄墜，如落英
誰知止歇時辰？

懶於計數

又何必言及在不在意

畢竟期盼仍屬多餘

不結冰的河口處，尚需多久方能抵達？

信諾，曾以為是

漫行在廣漠的土地

如一片紙人

無感覺的輕飄

03

細雪如鍵

靜臥堅硬板面

白鍵的你　　黑鍵的我

舞動的跳躍

溫存的替換

或者同時按撤的轟響

激盪的情奔

萎靡的喃喃低吟

靜默無聲的感應

都是合奏春天的室內樂

04

細雪如貓，飄逸亦飄忽

在共有的領地

同享彼此無礙的牽繫

卻徒嘆走失的歲月

留不住隻言片語

細雪如貓，滑潤不膩

任裸裎的肌膚

癱軟於天鵝絨呢的夜空

我是遲到的戀人

來不及摘下鑲嵌玫瑰的星子

（2014.07.09.）

雨和玫瑰（六行詩）8首

01

黃昏突然亮了起來
因為一場驟雨

雨，清洗了街道
清洗了西天
連帶萎縮的那株玫瑰花

我在花園邊等你

02

誰家出牆的玫瑰花
挺立籬邊，蠱惑路人

這個清晨，微微有雨

豔紅花瓣承載水珠
任意滾滑
晶瑩的韻事欲吐還怯

03

拖攜向晚尚留的昏暉歸來
玫瑰迎我
一抹紫豔的微笑
空屋頓然明亮

不言不語的窗帷
還是被風亂掀

04

一輪望月，碧空寵幸
一株玫瑰，塵寰獨愛

千年古月如新
今夜玫瑰正豔
月與玫瑰，各自
傳說內心不變的情愫

05

一陣風
輕搖樹梢的一枚黃葉
微微顫顫
正巧停落紅玫瑰上

「你寂寞嗎？」
「天地之大，何言孤單！」

06

濛濛的，是霧？
是雨？
微潤的粉紅花瓣留著輕吻的印痕

印痕逐漸擴大
在記憶的渡口
浮現與玫瑰互許的承諾

07

過了寒露，階前
開始羅列五月開花後結實的梧桐子
預示故事的尾聲

籬邊受傷的玫瑰
恆有滑動的精靈
是珠　亦淚

08

黃昏雨入夢了
落葉的吟哦挾著秋的潮濕味離去
是痛心的賦別？

獨自守在園裡
親愛的Rose
我怎能無動於衷歲晚的催促？

（2014.09.）

Love（4帖）

邊境之愛

攜手來到防衛軍清晰走動的邊境
低空滯雲的陰沉
散落客旅屋簷雨點的亂彈
加濃詭譎氣氛，紛亂心折猛現

遠離家鄉
投入紅塵的任何他方
尋一處溫暖棲身
身在漂泊，近似放逐

隨行伴侶，一如
美麗故園，時時相依
邊境
無界碑的盡端之境

越過今夜　越過黎明
不一樣的天空
廣闊
容納不受拘束的愛在飛行

城市之愛

隱遁城市
陌生必要，暗自慶喜也必要
沒有誰注意，無需刻意留痕
愛，自然不添顏色

純純的
對望　兩座山的四目傳情
細語　都是蜜
相擁　靈修　進入定
貼心　重疊復重疊的圓

推開麵包
侍者端來足夠滋潤雙唇的春水！

玫瑰之愛

觀光客圍聚的園圃
玫瑰花競相怒放　明爭暗鬥
極度拉攏名媛貴人的青睞

花市盆栽瀟灑吐放的單株玫瑰花
誰靠過來
都一樣歡心

籬笆邊靜靜綻放的玫瑰花
懂得DIY
孤芳
自賞

泛舟萊茵

長長的萊茵河1232公里

跨國黃金水道

迤邐迭變的景致

讓操舟人沉迷復沉溺

無限風光的水波

沿岸蔥鬱深林山崖峭壁古堡田園小鎮

孕育乳化偉大文明與民族

深愛的大河，僅僅截取一小點

小小的宜室宜家

偶爾

尚可輕淺泛舟

（2014. 10. 11.）

輯四

給海倫十二行詩（8首）

刊登《笠》詩刊317期，2017.02.15.

在聖托里尼

回到希臘之前

親愛的愛倫

我們先在小島歇息

水浪猛烈撞擊

宛若此刻的心跳

島上藍白相間的

愛與輕語

交融現實的對視與貼近

離開小島後

藍得足夠自溺的海水

流進記憶

化作摧心的濤聲

（2016.10.06.四）

焚城之後

尾隨巨馬

一場大火吞噬所有人

我到各處懸崖探找

查訪妳的蹤影

親愛的Hélène

沒有船隻遠行

沒有人員通報

小小江山頓成散點微星

廢墟快速蔓延侵佔

幾度幽靈飄回故土

灰燼深埋

新草蓋過斷垣

（2016.10.07.五）

遠離愛琴海

藍得叫人沉溺再沉溺
不願自拔

流動的藍
隨時喚叫的魑魅
蟒身扭黏的緊緊裏纏
不得換氣
不讓喘息

遠離愛琴海
遺忘戰火
不該出現莫言的說詞
塵世因而和平
愛人得以相惜

（2016.10.07.五）

神話水

昨日一整天的雨

沒有存印任何漬跡

全都流入夢境的愛琴海

掬捧一勺

神話水　蠱惑眾生

想喝，為求忘情

可嗅，連體的潤澤

共浸，迷溺樂園的纏綿

瓶裝，隨身長相憶

難以抉擇

再躊躇

已是無對應的來生

（2016.10.08.六）

昨夜雨

一夜的雨
時有簷滴叩響
誰在呼喚
呼喚了誰

無端間奏
攪拌無緣由的夢境

懷思哪堪路迢迢
難遣訴衷
識得恍若隔世

窗外
楓香兀自挺立
果實一地

（2016. 10. 09. 日）

藍格窗

一株移動的盛豔紅罌粟花
藍格窗邊
輝映著碧海晴空

緩緩走向迴廊的白色拱門
是妳　親愛的海倫
遙想浮蕩空氣中的喃喃自語：

凝視暗夜的滔湧
來回不倦地編織著
獨一無二的永恆浪花

而窗外
愁雲堆疊濃密
東方歸來處攸雲一片

（2016. 10. 12. 三）

日落愛琴海

不能猶豫

選好最佳位子

立刻坐下

一夕領空

千眼直瞪

攫取稍縱即逝的絕美

鑲金的一輪白光

把整片海域及西天同步渲染

層次不一的夕陽紅

漸遠漸淡

西沉後，直被黑暗吞沒

定格的餘豔長駐眼與腦

（2016. 10. 12. 三）

小漁村

穿過幾近廢墟

人去屋毀的小漁村

登上堤岸　海面遼闊　竹筏擱淺

無人清理的廢棄物

緊靠岸邊浮動

淡藍的希臘天空

全是神話

眾神上班去了

留下拱門板窗長廊小閣樓

等我們踐履

置身異國古跡遺址

巡禮的匆匆過客

（2016.08.26.）

輯五

給黑眼珠的十行詩（6首）

刊登《台灣詩學吹鼓吹詩論壇・懺情詩專輯》第28期，2017.3.

01

天色微明
昏黃路燈成排一字延伸
至盡頭
我在乾河道奔馳
懷想妳，吾愛

時時懷想
浩渺銀河系的流亡，或
浪遊
妳在遠方
回憶將妳拉近

02

天亮
送妳未沾露水的玫瑰花

黃昏，在樹下
靜靜啜飲妳提供的酒杯

那兩片沼澤的薄唇
淳稠的甜蜜誰吮觸過？

平順流水激濺的浪
是美麗的花，抑
痛苦的聲？

終歸潺潺，冬雪融蝕後的春水

03

遠行歸來
迷惑依然

夏戀真短
秋愁甚長

灰朦天色
行人匆匆
妳在哪兒？

風暴掃過我們躺臥的草地

印痕消蝕

妳在哪兒？

04

戀人走過的路徑

留有太多細語的玫瑰

香溢　無從躲閃

戀人待滯的室內

幻影飄忽

尚未出境的清澄流泉

紅玫瑰遇見白色浪花

河面河面漂流的

盡是緋色記憶

盡是水花倒影

05

由暗暝到天光
碧海青天
罩護妳甜美的酣眠

躍出暗色的夢籬
驚喜地
欣賞亮質多變的天光雲影

朝陽用專屬的金色
籠罩妳
出神地望著望著
我沉迷在幸福的光芒

06

黃昏，貓眼的女人

走過通衢

無視紅綠燈的轉換

那雙幽邃黝黑的圓眸

無從測量的深潭

分別溺著我的渴望

把愛遺忘在遠方

直等暮秋落葉

對小徑的碎石子

貼心告白

（2016.11.上旬）

【後記】

從貓眼到黑眼珠及自白

莫　渝

一、從貓眼到黑眼珠

編輯過幾本情詩選集：《薔薇不知──台灣情詩選》
（2001年）、《我等候你──徐志摩情詩精選》（2001年）、
法國情詩選》（2001年）、《愛情小詩選讀》（2003年）、
《詩人愛情社會學》（2011年）等。每冊均有情愛的序文或編
記。最喜歡《薔薇不知──台灣情詩選》內的〈纏綿或者糾
葛〉乙文。

幾次的文學講座，也以情詩文為主講內容。談台灣的情
詩，談徐志摩的情史情詩，談法國的繆塞喬治桑情史情詩，自
然會提到法國文論家羅蘭‧巴特的《戀人絮語》。

詩稿完成多時，無心結集出版。今年初夏，突然心動，約
請朋友序評，如此一推，竟然也有一書情詩集。

「愛，從眼睛開始！」
2013年7月3日寫了〈貓眼〉，展開一段與貓咪捉迷藏的情
愛事件。接著，加入雨和玫瑰的糾纏，再變身海倫，隨後轉身
黑眼珠。有情有愛有得有失既歡愉也惆悵。為何是海倫？最後
一輯「給黑眼珠的十二行詩」刊登《台灣詩學吹鼓吹詩論壇‧

懺情詩專輯》第28期（2017年3月）內，因何懺？為誰懺？

　　詩，是迷情。

　　情詩，是情謎。

　　讀李義山「嫦娥應悔偷靈藥，碧海青天夜夜心。」何需知曉嫦娥是哪位。讀波特萊爾的〈貓〉，讀者即主角。

　　情詩，就是要你感動、感懷、感佩、感心、感傷。

　　沒有殉情，難有愛情故事。

　　沒有愛情故事，空留文字。

　　文字，還是因為「情」。

二、自　白

A.

　　有人說波特萊爾的《惡之華》是一部有頭有尾的完整的書（詩集），雖然寫作時間拉長。我倒羨慕魯易的《比利提斯之歌》的完整性，明確地敘述比利提斯三階段的生活與愛情，是她一生的情戀心跡。

　　《貓眼，或者黑眼珠》是一段情戀的故事。

B.

　　用一部詩集寫一段情戀故事。情戀，有得有失。從得到失，從擁有愛的江山到焚城後的亡失。

這是一段情戀的投影。用詩的隱晦呈現。

女人是貓，是細雪，是玫瑰，是Love，是海倫，是黑眼睛。

〈黑貓〉、〈貓〉、〈貓爪〉三首詩，衍繹自文學作品，僅僅攀名家之語。

C.

走出你的眼睛
走離你的視野
不再回首
不再相聚

D.

曾經的
蜜
封存的美好記憶
永不消失

（2017.09.07.白露）

三、致　謝

幾位學有專長的詩人朋友楊風兄、桂媚、吳櫻、素琤等，在莫渝未提供完整資訊的保留下，細心探得脈絡，用心撰寫溢美評文，增添本書的可讀意義與存在價值，莫渝由衷感謝。插畫家岱昀兄繼《革命軍》與《春天ê百合》，第三度友情贊助大力操筆，為本書繪製精美插畫，一併感謝。

（2017.11.22.）

語言文學類　PG1966　秀詩人25

貓眼，或者黑眼珠
——莫渝情詩集

作　　　者/莫　渝
插　　　畫/劉岱昀
責任編輯/辛秉學
圖文排版/周妤靜
封面設計/蔡瑋筠

發 行 人/宋政坤
法律顧問/毛國樑　律師
出版發行/秀威資訊科技股份有限公司
　　　　　114台北市內湖區瑞光路76巷65號1樓
　　　　　電話：+886-2-2796-3638　傳真：+886-2-2796-1377
　　　　　http://www.showwe.com.tw
劃撥帳號/19563868　戶名：秀威資訊科技股份有限公司
　　　　　讀者服務信箱：service@showwe.com.tw
展售門市/國家書店（松江門市）
　　　　　104台北市中山區松江路209號1樓
　　　　　電話：+886-2-2518-0207　傳真：+886-2-2518-0778
網路訂購/秀威網路書店：http://store.showwe.tw
　　　　　國家網路書店：http://www.govbooks.com.tw

2018年1月　BOD一版
定價：200元
版權所有　翻印必究
本書如有缺頁、破損或裝訂錯誤，請寄回更換

國家圖書館出版品預行編目

貓眼,或者黑眼珠：莫渝情詩集 / 莫渝著. -- 一
版. -- 臺北市：秀威資訊科技, 2018.01
　　面； 公分. -- (秀詩人 ; 25)
BOD版
ISBN 978-986-326-521-4(平裝)

851.486   106025424

讀者回函卡

感謝您購買本書，為提升服務品質，請填妥以下資料，將讀者回函卡直接寄回或傳真本公司，收到您的寶貴意見後，我們會收藏記錄及檢討，謝謝！
如您需要了解本公司最新出版書目、購書優惠或企劃活動，歡迎您上網查詢或下載相關資料：http:// www.showwe.com.tw

您購買的書名：＿＿＿＿＿＿＿＿＿＿＿＿＿＿＿＿＿＿＿

出生日期：＿＿＿＿年＿＿＿＿月＿＿＿＿日

學歷：□高中 (含) 以下　　□大專　　□研究所 (含) 以上

職業：□製造業　□金融業　□資訊業　□軍警　□傳播業　□自由業
　　　□服務業　□公務員　□教職　　□學生　□家管　　□其它＿＿＿

購書地點：□網路書店　□實體書店　□書展　□郵購　□贈閱　□其他

您從何得知本書的消息？

　□網路書店　□實體書店　□網路搜尋　□電子報　□書訊　□雜誌
　□傳播媒體　□親友推薦　□網站推薦　□部落格　□其他＿＿＿＿＿

您對本書的評價：(請填代號　1.非常滿意　2.滿意　3.尚可　4.再改進)

　封面設計＿＿＿　版面編排＿＿＿　內容＿＿＿　文／譯筆＿＿＿　價格＿＿＿

讀完書後您覺得：

　□很有收穫　□有收穫　□收穫不多　□沒收穫

對我們的建議：＿＿＿＿＿＿＿＿＿＿＿＿＿＿＿＿＿＿＿

＿＿＿＿＿＿＿＿＿＿＿＿＿＿＿＿＿＿＿＿＿＿＿＿＿＿＿

＿＿＿＿＿＿＿＿＿＿＿＿＿＿＿＿＿＿＿＿＿＿＿＿＿＿＿

＿＿＿＿＿＿＿＿＿＿＿＿＿＿＿＿＿＿＿＿＿＿＿＿＿＿＿

11466
台北市內湖區瑞光路 76 巷 65 號 1 樓

秀威資訊科技股份有限公司　　　收
BOD 數位出版事業部

....

（請沿線對折寄回，謝謝！）

姓　　名：＿＿＿＿＿＿＿＿　年齡：＿＿＿＿　性別：□女　□男

郵遞區號：□□□□□

地　　址：＿＿＿＿＿＿＿＿＿＿＿＿＿＿＿＿＿＿＿

聯絡電話：(日)＿＿＿＿＿＿＿＿　(夜)＿＿＿＿＿＿＿＿＿

E-mail：＿＿＿＿＿＿＿＿＿＿＿＿＿＿＿＿＿＿＿